EL MEJOR TRUCO DEL ABUELO

L. DWIGHT HOLDEN

ILUSTRACIONES DE
MICHAEL CHESWORTH
Traducción de Laureana López Ramírez

LOS ESPECIALES DE
A la orilla del viento

 FONDO DE CULTURA ECONÓMICA
MÉXICO

Primera edición en inglés: 1989
Primera edición en español: 1993
    Segunda reimpresión: 1998

Coordinador de la colección: Daniel Goldin

Título original: *Gran-Gran's Best Trick*
© 1989, L. Dwight Holden
Publicado por Magination Press, Nueva York
ISBN 0-945354-16-9

D.R. © 1993, Fondo de Cultura Económica, S.A. de C.V.
D.R. © 1995, Fondo de Cultura Económica
Carr. Picacho Ajusco 227; México, 14200, D.F.
ISBN 968-16-4032-2

Impreso en México
Impresora y Encuadernadora Progreso, S.A. de C.V.
Tiraje 8 000 ejemplares

EL MEJOR TRUCO DEL ABUELO

Al abuelo,
que enseñaba sin enseñar

El abuelo tiene cáncer.
No sé bien qué quiera decir eso, pero
debe de ser algo terrible. Algo que no
debía tener dentro y le crece cada vez
más, sin que puedan contenerlo. No sé
por qué no pueden contenerlo, pero no
pueden. Lo único que sé es que el
abuelo está enfermo.

Sólo está acostado. No hace
nada más.
Ya no pesca.
Ya no cuida su jardín.
Ya no arregla cosas en la
cochera.

A veces, cuando vengo a visitar
a mis abuelos, él ni siquiera sonríe.
(El abuelo siempre sonríe.) Y no me
escucha. Sólo está acostado.

Ése no es el abuelo, estoy segura. El abuelo me escucha.

Me sonríe.

Me abraza.

Me hace cosquillas.

Me carga de caballito.

Me lleva a pescar y pone la carnada en mi anzuelo.

Me lleva de cacería por el barrio o vamos hasta el lago.

El abuelo me llevaba a muchas
cacerías. No buscábamos leones ni
rinocerontes, sólo cosas...
cosas especiales.

Hojas gigantes,

hongos chiquitos
con sombreritos rojos,

dientes de león (siempre les
soplábamos las cositas)
y piedras.

Al abuelo y a mí nos gustaban las piedras. Las chiquitas, rugosas o lisas, opacas o brillantes, de colores claros o marrón oscuro. A veces él encontraba cosas que yo no veía. "¡Mira!", me decía. Él siempre veía cosas en las que nadie se fijaba, y de repente se convertían en

ALGO.

Yo siempre sentía como algo tibio por
dentro sólo de caminar
tomada de su mano,

al oírlo silbar,

y al tratar de silbar
yo también,

y al buscar
tesoros.

Cuando acababa la cacería, se acostaba en medio de la sala.

Se ponía un periódico sobre la cara y dormía una siesta, sin que el ruido lo molestara; a veces me asomaba por debajo del periódico y él me agarraba y decía: "¡BUU!"

Yo gritaba. Luego me reía. Con mi abuelo me sentía segura hasta cuando me asustaba.

Cuando Isabel nació, lo único que
hacía era llorar, comer, dormir y
ensuciar los pañales; a todos les
parecía maravillosa y le traían muchos
regalitos.

A mí me daban una palmadita
en la cabeza (si tenía suerte).

Creí que
me había
vuelto invisible.

Pero no para el abuelo.
Siempre supe que él
aún me veía,
como a esa piedra
tan especial en nuestra cacería.
Me gustaría que pudiéramos
salir de cacería como antes.
Ahora apenas puede bajar
de la cama.

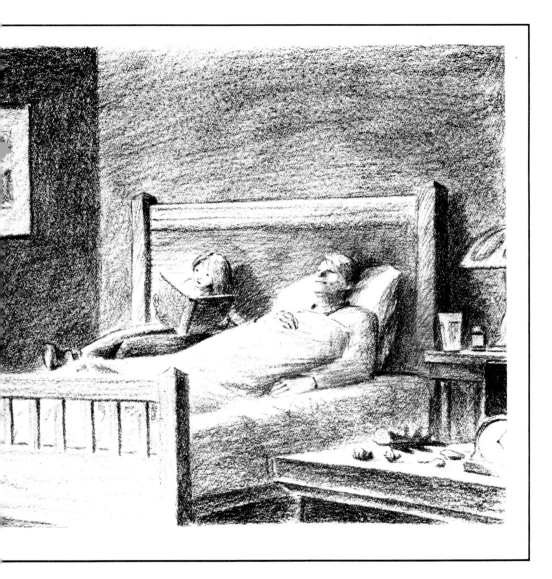

Ahora, el abuelo parece un extraño. Actúa de otro modo. Sólo está acostado. A veces duerme. A veces sólo mira al vacío, como si viera una televisión que nadie más ve. Y se queja. Cada vez que se mueve, se queja. Menos cuando sabe que lo estoy viendo; entonces aprieta los dientes. Es horrible, y todos fingen, para que yo no me preocupe.

Estoy preocupada.

Es horrible. El abuelo está flaco.
Menos su cara, que está toda hinchada.
(Si algo le crece dentro, entonces, ¿por
qué está tan flaco?) Está muy pálido, y
ya se le cayó todo el pelo, menos unos
ricitos grises. Mamá y papá dicen que
es la medicina que le dieron los
doctores para matar el cáncer. En parte
se come el cáncer, lo que está bien,
pero también se lo come a él, lo que
está mal. ¡Medicina tonta! ¿Por qué no
distingue entre el cáncer y mi abuelo?

El abuelo está otra vez en el hospital.
Entra y sale todo el tiempo. Tiene
conectados todos esos tubos y frascos y
bolsas. Siempre creí que si la medicina
tenía un sabor horrible, por lo menos
me aliviaba. Pero mi abuelo no se
alivia.

No quiero estar aquí.

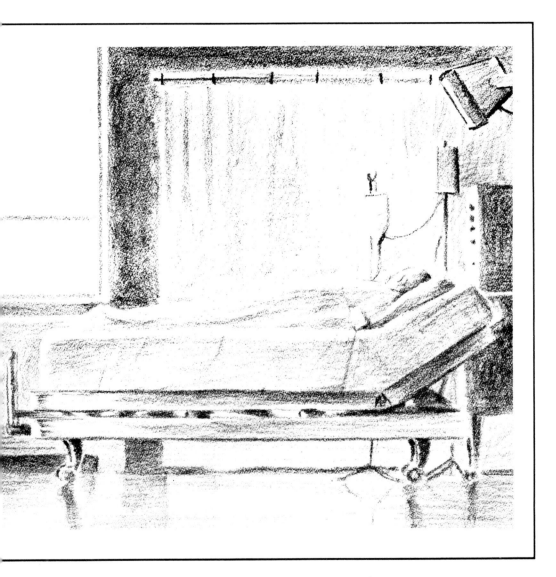

No me reconoce.

No me ve.

Ve peces.

Mueve el brazo como si lanzara su
caña de pescar, y enredara otra vez
el hilo.

Pero no hay peces ni lago en su cuarto
del hospital.

Mamá y papá me dijeron que si
quería preguntarles algo.

Dije que no.

Quiero hacer muchas
preguntas, pero no creo que me
gusten las respuestas.

Quiero otra vez
al abuelo de antes.

Hoy
murió
el abuelo.

Mi papá me lo acaba de decir. No lo
puedo creer, pero eso me dijo.

De veras que no entiendo nada. Se
murió porque el cáncer estaba
creciendo; supongo que ahora el
cáncer también se murió. ¿Por qué no
se murió el cáncer y nos dejó al abuelo?

Papá me abrazó y me dijo que no
importaba si quería llorar. Entonces
los dos lloramos, luego cesamos y
luego lloramos otra vez.

Sí importa.

Quiero
que regrese
el abuelo.

Fui al funeral del abuelo. Mamá y
papá dijeron que no tenía que ir. Dije
que no quería ir, pero luego sí fui.
Tenía que ver.

Había mucha gente. Cantaban, rezaban
y hablaban de él.

La abuela lloró.
Mamá y papá lloraron.
Mis primos, tías
y tíos lloraron.
Yo lloré.

Y ahí estaba el abuelo,
tendido en esa cosa
que llaman ataúd.
Yo estaba muy asustada.
Se parecía al abuelo otra vez,
no al extraño.
Ya no se le veía enfermo.
¿Cómo le hicieron?

Sólo que el abuelo
casi no usaba traje,
siempre andaba con
ropa de pescar.

Estaba muy pálido y tenía los ojos
cerrados. Estuve esperando a ver si los
abría. Tal vez sólo estaba durmiendo
una siesta. Pero sus ojos no se
abrieron. Luego lo toqué. Tal vez
despertaría. Pero su piel estaba muy

fría y dura como cera. Me dieron
escalofríos.
Luego bajaron la tapa del ataúd y lo
encerraron ahí...

solito.

Todo el mundo volvió a llorar.

El abuelo ha muerto. Ni siquiera sé lo que eso quiere decir. Lo único que sé es que se fue y no lo encuentro.
Cuando vamos a casa de los abuelos, todo está en silencio. Entro en su cuarto y espero encontrarlo en su sillón favorito, viendo televisión y pelando nueces y sonriendo y levantándose para abrazarme.

Pero no está.

Entonces me asomo a la cochera, a ver si está reparando algo o si trabaja en su bote, como siempre lo hacía. Mi abuelo podía reparar cualquier cosa. Pero ahora la cochera está muy bien cerrada.

Antes, cuando me caía del columpio y me raspaba las rodillas y empezaba a llorar, el abuelo me decía:"¡Oye, qué buen truco! ¿Puedes hacerlo otra vez?" Entonces yo me reía, y ya no me dolía tanto. ¡Ése sí era un buen truco!

Pero esto aún me duele. Mi abuelo
hizo un truco que no me gusta. No le
di permiso de irse, y se fue. No sé
adónde se fue. Mamá y papá dicen que
se fue al cielo y que algún día
volveremos a verlo. Pero yo lo quiero
ver ahora mismo.

El abuelo ya no está aquí, tendré que acordarme de él. Una vez le di un cuaderno para que me escribiera sobre su vida. (Mi abuelo casi nunca hablaba de sí mismo.) Después de que él murió, mi abuela me devolvió el cuaderno.

En una página decía: "Yo colecciono...
nietos y hieleras". Siempre juntaba
hieleras de plástico y ahí sembraba
semillas para su jardín. El patio estaba
lleno de hieleras viejas con plantas.
Parecía descuidado, pero al abuelo no
le importaba. Cuando veo hieleras me
acuerdo de él.

Me acordaré del abuelo, pero no
acostado y pálido.

Lo recordaré con su sombrero
y su caña de pescar.

Recordaré el estruendo jovial
de su risa.

Recordaré que hacía los
mejores bocadillos del mundo.

Isabel es demasiado pequeña para acordarse de él, así que tendré que hablarle.

De los jardines de hieleras.

De la pesca.

De los paseos a caballito.

De las cacerías.

Especialmente de las cacerías.

Le enseñaré a ver las cosas en las que sólo él se fijaba. Entonces, ella conocerá al abuelo como yo lo conozco, aunque se haya ido.

Tal vez ése sea el mejor truco del abuelo.